KB253180

무재봉 연가

무재봉 연가

五峀 이희영 시선집

뉴 NEW
매헌
세종우리말사랑

세월은 모든 사람에게 평등하다. 하지만 나이에 비례하여 그 속도는 점점 빨라진다는 것을 나이 든 사람이면 똑같이 느끼는 감상感傷인 듯 싶다. 나에게 세월은 상전벽해가 무색하리만치, 열차 속 선잠처럼 금세 지나가고 말았나 보다.

첫 시집 『얼굴』을 선보였을 때부터 본 시집 『무재봉연가』를 출간하기까지 정확히 십 년이란 세월이 빠져나갔다. 처음 『얼굴』을 내면서, 앞으로 10권이 출간될 때까지만 詩를 써야겠다 하는 목표 같은 것이 있었는데, 이토록 빨리 올 줄은 몰랐다. 그러나
여기서 詩쓰기를 멈출 수는 없다.

애당초 詩의 분량으로 기준 삼았던 것이 그릇된 설정이었다. 詩쓰기의 한계는 詩의 양이 아니라 詩人 감성의 양이 아닌가 싶다.
바꾸어 말하면 감성이 다 할 때까지 詩를 쓰겠다는 표현이 맞을 것이란 생각이다. 그럴만한 이유는 詩는 다른

사람에게 전달해 줌으로써 감성과 생각을 공유한다는 것이 그 지향점이라 하겠으나, 본질로 본다면 모두가 詩人 자신을 위해서 쓰는 것이기 때문이다.

넘쳐나는 그리움, 생태적인 사랑과 고독, 처절한 슬픔 등을 당면했을 때, 詩가 아니면 무엇으로 위무해주고 잠재울 수 있겠는가? 시집 10권쯤 썼으면 그 뒤에 오는 삶은 아무런 감성도 없이 빈 영혼으로 살아갈 자신이 있겠는가?

이희영의 詩는 앞으로도 끊임없이 이어질 것이다. 나이와 詩의 분량과는 전혀 무관하게, 감성이 전부 고갈되어, 마른 나뭇가지 될 때까지 쓸 것이다. 아니 바싹 마른 장작에 불이 당겨 활활 타오를 때까지 쓸 작정이다.

2025년 正月 보름

五峯 이희영

2부
어느 노인이 사는 방식

4부

종지鍾子 속의 보름달

5부
굴뚝이 사라졌다

해학의 서정시 - 五峯 이희영의 시세계

신익선(문학평론가, 문학박사)

1부
무재봉

무재봉

무재봉은
구름도 품고 하늘도 품었다

무재봉은
나무도 품고 짐승도 품었다

무재봉은
죽은 사람도 품고 산 사람도 품었다

무재봉은
우리 마을도 품고 남의 마을도 품었다

무재봉은
산 깊숙이 어디엔가
봉황의 알도 품고 있다는데

언제 쯤 부화할 것인지

우리 모두 올라가 찾아보자

* 무재봉 : 작가의 고향인 보령시 주교면에 위치한 산으로 주교면
　　　　　에서는 가장 높은 산

풍경 3

종은 겉을 때려야 소리가 나고
풍경은 속을 때려야 소리가 난다

종은 종채로 맞아야 울고
풍경은 바람만 맞아도 운다

아버지 회초리 맞고도 울지 않았는데
어머니 꾸중 듣고 풍경처럼 울었다,

나의 아버지

아버지는
벅찬 서사시

아버지가 늘 무서웠다

아버지가 나를 혼낼 때 부러뜨린
할머니의 장죽 담뱃대만 보면
소름이 돋았다

까닭 없이 죽이고 싶던 선생님도
아버지의 성난 눈매를 닮아 있었다

아버지와 함께 사시는
어머니가 늘 걱정되곤 했다

마침내 친아버지가 계실 것 같다는
짐작이 사춘기와 만나 가출을 꿈꿨다

그러던 여름날
자고 있던 내 이마의 종기 고름을
아버지는 입으로 빨아 내셨다

아버지의 맵던 회초리가 뜨겁게
가슴 속으로 변곡점을 찍었다

아버지의 삶은 시만큼 아름다웠지만
시보다 훨씬 고독 하셨다

마루 위에 백열등

어머니 사시다가 떠나신 안방 앞

마루 위에 백열등 하나 매달아 놓았지

혹시나 빈방으로 착각할 가봐

밤낮 불켜놓아 어둠을 쫓아내고 있지

처음 본 사람들은 대낮에도 불 켜있다고

불 꺼주겠다며 스위치 찾다가 그만 둔다네

우리 칠 남매 거기 안방에서 태어났고

어머니 떠나실 때까지 기거하셨던 방

한순간도 이방이 어두워지면 면구스러워

밤낮 꺼지지 않는 전등불 키워 놓으니

볼 때마다 군불 땐 아랫목처럼

내 가슴까지 따뜻해지네

보꾹

불을 켜 놓은 채 잠이 들었다가
눈이 뜨이니
어머니가 가슴을 활짝 열으시고
나를 내려다 보고 계시네
우리 칠남매가 후벼 짜고 뒹굴었던
늘상 젖내음 젖어있던 가슴
앙상한 갈비뼈로 내 눈 앞에
소리도 없이 오셨네
가신 지가 아득하여
우린 모두 잊고 살았는데
우리 형제들 못 미더워
집수리 끝나자 보꾹 되시어
날 지키려고 내 방까지 오셨네

어머니!

이젠 우리도 살만큼 살고 있는데
무얼 더 주실 것이 남아 있어서
이 늦은 밤길에 오셨습니까

한 점 살도 없이, 뒤틀리고, 옹이진
당신의 젖가슴이 슬프기만 합니다

* 보꾹 : 반자가 없는 가옥의 천장을 일컬음. 따라서 서까래가
   모두 노출되어 있음

어떤 귀가

대문을 들어서자 마룻장 밑에서
흙먼지 비집고 고무신 코빼기가
이승을 내다본다

어머니가 세상 뜨실 때 남기고 간
보석보다 빛나는 흰 고무신 한 짝

미련

토방위에 세워 놓은 마당 빗자루에

잠자리 한 마리가 날아왔다

앉았는가 했더니 금세 날아 오른다

날아 오르는가 했더니 다시 그 자리에 앉는다

그것도 잠시, 날아올라 마당 한 바퀴 돌고나서

또 그 자리 앉기도 무섭게 날아 오른다

떠나지 못하시어 서성이시는

어머니 영혼이 맴도는 허공에,

눈 다래끼

뒤꼍 언덕바지에 새로 나온 죽순과 잡목들을
베어내니 모처럼 본모습이 드러나며 새집처럼 정결
해졌다
장마 틈새로 아침햇살이 빗은 머리같이 곱게 내려와
소꿉장난이라도 하는 듯 재잘거린다

내 눈에 다래끼가 생겨나면 어머니는 아침 해가 뜰 때
내 손목을 잡고 언덕에 올라가, 하얀 대접에 정화수
모셔 놓고 팥알을 정화수에 담그시며 병이 낫기를 주술
해 주셨지요. 늦어도 하룻밤 자고 나면 다래끼는 거짓말
처럼 사라지곤 했었지요

어느새
어머니도 멀리 가버리시고 다래끼가 기승 하던 세상도
슬그머니 감춰 버렸지요. 그때 그 곱던 햇살이 언덕에
다시 내려앉아 소곤거리고, 고목나무 새소리는 옛 날
그대로인데 날 위해 빌어 주시던 어머니는 어데 가

계신가요

　‘엄니! 제 눈에 다래끼 올랐어요’

탑

언제부터 네가
그 자리에 서 있었는지, 나는
가끔은 잊을 때가 있다

늘
너는 나처럼
나는 너처럼
서 있기만 했었으니

언제부터 네가
돌이었는지 나는
가끔은 잊을 때가 있다

늘
너는 나처럼
나는 너처럼

돌로
남아 있기를 바라고 있었으니

언제부터 네가
탑이었는지 나는
가끔은 잊을 때가 있다

늘
너는 나처럼
나는 너처럼
영혼으로
함께 있기를 바라고 있었으니

너는 나의 삶이고
너는 나의 신앙이고
너는 나의 영혼이기에

네가 내 곁에 있을 때는
가끔은 너를 잊고 산다니까.

잔소리

귤 까먹은 껍질을 쓰레기통을 향하여
냅다 던졌다

그런데
빗나가서 통만 맞고 방바닥에 떨어졌다

"당신은 언제 가야 철이 날 거요? 팔십이
　내일모렌데 아직도 철이 안 났으니……"

아침에는 양말을 뒤집어 벗어 놨다고
잔소리 먹었는데 오후에는 귤 껍데기 때문에
아내의 잔소리가 이어진다

아내의 틀니

화장실에 들렀다가 사발속 물에 담겨진
아내의 틀니를 보고 섬뜩했다
이빨이 박혀있는 붉은 살토막이 불빛을 반사했다

틀니가 빠져나간 잠든 아내의 모습에서
하관이 함몰된 낯선 얼굴을 바라본다

오뉴월 보리개떡으로 허기를 채운 까닭도 없으련만
칠팔월 호박죽으로 끼니를 때운 까닭도 없으련만

굵은 소금에 며칠 씩 절여진 오이소박이같이
주름이 입안으로 급하게 들어갔다

새들이 부리로 그러 하듯이, 아내도 나 모르는 사이
치아로 먹이를 물어다가 아이들을 키웠는가

세모시 삼는 것이 그러하듯이, 아내도 나 모르는 사이
치아로 질긴 삶을 가늘게 쪼개며 잇고 짜 왔는가

함몰된 얼굴 모습을 남편에게조차 숨기고 싶었던
아내의 속내가 형광등 불빛에 노란 속살로 내비친다

잠자는 아내의 숨소리가 고요하다

반쪽 살기

미국에 사시는 구십 세 된 누님께
안부 전화 드렸다

요즘 건강은 어떠세요?
밤에는 죽고 낮에만 산다

그게 무슨 말씀 예요?
밤이 되면 오만 삭신 다 쑤셔대어
죽은 목숨 되었다가, 낮이 되면
겨우 살려놓는구나

그럼 어떻게 하지요?
사는 쪽만 몰아서 반으로 줄여
주면 좋겠다 만……,

그게 맘대로 되겠어요?
네가 좀 알아봐라! 늘 해가
떠있는 나라도 있다든데……

대추 씨 한 알 1

큰아들 장가간 지 이십 성상
작은아들 장가간 지 십여 성상
삼십 년 쌓인 세월이 손자 하나 못 들여왔다

제상 맨 앞줄, 맨 처음 우대받는 자리부터
결혼식 폐백엔 아들 낳아 달라고
모셔가는 과일이 대추

이빨로 씹어도 씹히지 않는 대추 씨같이
단단한 손자 하나 점지해 주시라고

뜰앞 개울둑에
이십여 년 묵은 감나무를 일순에 베어내고
그 자리에 대추 묘목 심어놓고 빌어 모신다

대추 나무님!
당신은 어찌해서 삼 년이 지나도록

손자는커녕 당신 자식조차
못 만들고 있나요?

차라리
내가 만들어도 손자 할 수 있다면
대추 씨 한 알 등에 업고 오입질 한 번 해볼까요

어버이날 소회

어버이날 아침 출근길
큰아들은 오른쪽 가슴에
작은아들은 왼쪽 가슴에
자신들이 학교에서 색종이로 만든
카네이션을 손수 꽂아주며
"아빠 사랑해, 뽑지 말아"
행인들의 시선이 왠지 쑥스럽고
겸연쩍어 행인들을 만날 때는
슬그머니 꽃을 가리면서 출근했다
회사에 도착했을 때는
수많은 눈길을 피할 수가 없던 탓에
들켜 버렸다
"와! 나는 한 개도 못 달았는데……"
누군가의 탄성과 함께 박수 소리가 터져 나왔다
쑥스러움은 극에 달아 홍당무가 된 채
록카실로 얼른 숨어 버렸다
지금도 어버이날이 다가올 때쯤이면

거리에 붉은 꽃만 눈에 띄어도
설렘과 쑥스러움으로 가슴속까지 붉은 물이 든다

모자

내 머릿속이 휑하니 빈 것이 부끄러워
모자를 쓰기 시작했다

아내는 쓰지 말라 성화였고
친구는 바꿔쓰라 참견했고

거리를 헤집고 다녀도
쓴 건지, 가린 건지 아무도 알지 못했다
이발사도, 고물장사도 그냥 지나갔다

손주 딸년 어린 것이
용케도 알아채고
박박 머리 위에 모자만 쒸어놓고
할애비를 그렸다고 자랑이다

눈부처 1

나는 너의 거울이 되고
너는 나의 거울이 되어

내 눈 속에 너를 담고
네 눈 속에 나를 담으면

우리는 부처의 마음 되어
눈부처라 부른다

눈부처 2

그대 담은 내 사랑
어디에다 비춰볼가

그대는 아는가?

내 사랑
눈부처 되어
마주 담고 싶은 걸

눈부처 3

들판에 질편한 달맞이꽃 봉오리에
서걱서걱 달이 피어나고 있다

상사화相思花

그리움 하나가
두 목숨을 살다 간다

풀이 되어 한 목숨
꽃이 되어 한 목숨

상사화相思花

2부
어느 노인이 사는 방식

어느 노인이 사는 방식

(1절)
뒤꼭지에 눈이 없는 까닭일가
앞만 보며 걸어왔다

쉴 틈이 없어
허둥지둥 걸어만 왔다

이정표도 없어
구불구불 걸어만 왔다

가야 할 목적지가 어딘지도 모르면서
무작정 걸어만 왔다

이제는 가야 할 길 빤히 보이는 곳이라
놀며, 쉬며 뒷걸음쳐 가련다

(2절)
등 뒤에다 짐을 업은 까닭 일가
앞만 보며 걸어왔다

멈출 새도 없어
허둥지둥 걸어만 왔다

신호등도 없어
구불구불 걸어만 왔다

길이 끝나는 곳이 어딘지도 모르면서
무작정 걸어만 왔다

이제는 가야 할 길 빤히 보이는 곳이라
놀며, 쉬며 뒷걸음쳐 가련다

지름길

등산의 지름길은
곧은 길이 아니고
구불구불
돌아가는 길이다

임동창 피아노의 클라이맥스

꽹가리, 징, 북, 장구 소리는
자진모리 지나서 휘모리장단으로
숨 가쁘게 몰아부치고,

피아노 건반 위를 튀는 손가락이
빨라지며 장풍으로 건반을 때려가고,

섰다, 앉았다 온몸이 가랑잎처럼 가벼워지더니
두 손, 열 손가락도 모자라 발바닥으로
건반을 내려친다

마침내
소리 꼭대기에 피아노가 떠 있고
피아노 위에는 임동창이 둥실 올라 서 있다

영보정 가을밤이 미쳐버리고
오천 앞 바닷물도 자지러진다

아이구! 불쌍해라
저 몸값 나가는 피아노가 사나운 임자 만나
부서지면 어쩌나.

나는 땅 부자다

나는 산을 다니면서
조상이 저승에 가시면
거주해야 할 길지를
잡아주는 지관이다

살아 거주하는 집은
기껏해야 100년이지만
죽어 거주하는 집은
몇백 년을 넘어 몇천 년이
가도록 튼튼하게 지어야 한다

내가 다니는 산은
이산 저산이 모두가 내 산이다
내 마음대로 쓸 수도 있고
내 마음대로 버릴 수도 있어
산의 땅 사용권은 내가 쥐고 있다
나보다 땅 많은 부자가 또 있을까

쉬운 착각

엄마와 아내

다른 듯
같은 여자

6장 6부

안되는 것이 무엇이고
못하는 것이 무엇이랴?

하느님 빼고는
최고의 전지전능자

호주머니에 넣고, 끈 달아 목에 걸고
백 속에 넣고, 벨트에 차고, 끼고 다니다가
잠잘 때는 손에 안고 모시더니

이제는
병이 나면 함께 병이 나고
죽게 되면 함께 죽어 줄 장기臟器로
6장6부가 되었다

도수度數 높은 사람

돋보기를 쓰고
돋보기를 찾았다

불알친구

꺼먹고무신 속에
송사리 두어 마리 태우고
개울가에서 뱃놀이 함께 했던
동무는 어디로 갔나?

쑥 뜯어 으깨어 귀 막고
물속에서 오래 견디는 시합 하며
물오리처럼 잠수 자랑하던 동무

산속 깊이깊이, 깊은 잠 들었는데
소쩍새 저리 애잔한 밤이 되니
내 자리가 비었다고 웬만하면 오라 하네

돌의 소원

서 있기가 무료하면
발길에 차여서라도
굴러라, 굴러라

나를 찬 놈이 발가락이
부러진들
그게 무슨 상관이냐
굴러라, 굴러라

나를 찬 놈이 배꼽이
빠져난들
그게 무슨 상관이냐
굴러라, 굴러라

등신불_{等身佛}

부처인 듯싶으나 부처가 아닌 것 같고
사람인 듯싶으나 사람이 아닌 것 같아

부처인 줄 알고 보면 부처로 보이고
사람인 줄 알고 보면 사람으로 보여

부처는 평생 등신불이 되기를 기도 했을 터
사람은 평생 부처가 되기를 기도 했을 터

부처는 사람으로, 사람은 부처로 부활하네

침묵 1

어둡다

무겁다

오랜 침묵 끝에
날 버리고 그녀가 떠난 뒤부터는

무섭다

아버지, 어머니 먼 길 떠나실 때
내 가슴 깊은 곳에
묻어 놓고 간 묵직한 것

기도

둥근 하늘에
둥근 달이 떠 있다

어느덧
처마 끝에 일렁인다

마침내
달을 삼켰다

내 몸이 달의 피가
돌기 시작한다

누룽지 1

뜨겁게 익어야
조금만
허락해 주는
귀한 몸

문패

지아비 세상 뜰 때
허물 한 겹 벗어 놓아

문기둥 못에 걸려
함께 못 간 그의 반신

대문 들고 날 때
서로 간에 눈길 맞아
정겨웠고, 미더웠을

문패

집 떠난 지어미는
어디 가서 오지 않나

바람도 휘이휘이
반쯤 기운 기둥 위에

죽은자[死者]의 문패가
산자[生者]의 집을
서럽도록 지켜 섰네.

혼밥

밥은
밥통째로

국은
국냄비째로

김치는
김치통째로

무엇이던
나눌 필요가 없다

혼자서
통째로 으슥한 저녁을 씹는다

아궁이

불씨가 싹이 튼다
마른 나무에 꽃으로 핀다

붉은 꽃
타닥타닥 불씨가 싹이 터
이 나무 저 나무로 옮겨 핀다

불타던 꽃들이 흐드러진다
뜨건 열기는 불꽃을 녹여
하얀 빛깔의 투명한 꽃불이 된다

꽃불!
저것은 찬란한 생명
죽었다가도 다시 사는
불사신의 명줄기

행상_{行喪}

삼일 전부터 출발한
저승 가는 길

마을 뒷산 부모님 곁에 가는 길이
멀기만 하여

상여_{喪輿}는 가다가 서고, 가다가 서고
길을 쪼개서 간다

죽어서 얻은 목숨이 산 목숨보다
무겁기만 하여

혼자 나르던 육신을 열둘이 메고서도
발걸음이 휘청인다

저승 가는 길

에헤 딸랑 에헤 딸랑.

3부
숨어 사는 그리움

숨어 사는 그리움

언제부터 살고 있는지
그리움 하나
가슴 깊은 곳에
나와 함께 숨어 사네

사람은 누구나
그리운 사람 한 둘 쯤은
가슴에 숨겨 사는 것이
좋다고는 하지만
시도 없이
때도 없이
분수조차 없이
불쑥불쑥 밀어내는 이 그리움

아!
나 죽으면 어쩌지?

저 철부지 그리움

혼자 놔 둬서

돋보기를 써야 꿈이 보인다

희미한 꿈은, 그새 누가 내 꿈속을
다녀갔는지 잠이 깨면 생각조차 안 나는데

어쩌다가 또렷해진 꿈을 보고
기분 좋아져 눈을 떠보니
안경을 쓴 채로 잠이 들었나 보다

누구였을까?
내 꿈을 열고 들어와 가슴 언저리를 아프게
밟고 가버린 그 사람이,

어디까지 갔을지 다시 볼 양으로
짐짓 돋보기를 정성들여 닦아 쓰고
꿈을 쫓아 밤길을 떠난다

바지랑대

본채와 사랑채를 이은
긴 빨래줄이 나이가 들자
빨래를 널지 않아도 추욱 늘어져 있다

대나무를 잘라다가 바지랑대로
받쳐 세우니, 튕기면 거문고 소리 날 듯
팽팽하게 당겨졌다

바지랑대 같은 당신 있어

따사한 봄바람 불어오면
추위 찌든 겨울 옷가지와 등굽은
내 노후도 풀 먹인 빨래처럼
구김살 반듯하게 펴질 날 오겠지

내 안에 섬

억겁의 거센 파도도
그 작은 섬은 정복시키지 못했다

바다가 좁은 거대한 함정도
그 작은 섬에는 닻을 내리지 못했다

이름 있는 탐험가도
그 작은 섬은 얼씬도 못했다

내 팔도, 손끝까지도 미치지 못하는
내 몸 안에 사각지대
나는 내 등 뒤에 석녀 하나 모시고 산다

당신이 몹시 그리워질 때만
그 섬에는 대낮에도 빨간 등대불이 켜진다

사랑니[智齒]

사랑니 나오면
사랑이 올 것 같은 설렘에
살갗 터져 나오는 아픔을
참고 견딜만 했지

사랑니 나오고서 사랑이 왔었는지
왔다가 그냥 갔는지
생각도 안 나는데
사랑니는 진즉에 빠져나가고
잔인하도록 아픔만
남기고 갔지

사랑니 가고 없는 자리
삭은 이뿌리만 묻어 놓아
궂은날이 되면
아픔이 가슴까지
흔들어대곤 하지

아!
첫사랑 왔다가 떠나간 자리.

콩새

철새는 어김없이 때만 되면
날아가고, 날아온다

수 만리를 날아다녀
힘도 세고, 뚝심도 좋다

콩새는 작아도 철새다

그대 떠날 때 돌려 신은 신발
한 번 더 되돌리면 될 것을

콩새만도 못한 그대가
왜 이렇게도 보고 싶은지

당신이 떠난 곳

얼마나
먼 곳으로 가셨나요?
꿈속에서
꿈을 꾸니
당신
또
떠나더이다.

당신이 떠난 곳

이별 연습

나, 얼마나 덜 사랑해야
당신을 미워할 수 있을까

사랑하는 법을 못다 배우고
사랑부터 했기에 아파했던 것처럼

이별하는 법을 못다 배우고
이별부터 왔기에 아파해야 하는 걸까

나 얼마나 아파해야 이별이
배워질까

나, 얼마나 덜 사랑해야
당신을 잊을 수 있을까?

눈꺼풀의 두께

보기 싫은 사람은
눈앞에 있어도,
눈만 감으면
천리가 되지만

보고 싶은 사람은
천리에 있어도,
눈을 감아도
눈을 떠도
늘 눈 안에 있다

정말

그대 모습
너무 보고 싶어서
아껴 볼 생각에

그대 목소리
너무 듣고 싶어서
아껴 들을 생각에

만남도 전화까지도
아껴 두었습니다

사랑은 아낌인 줄 알았지
이별이 있는 줄은
정말 몰랐습니다

늦은 고백

푸른 하늘에
흰점 하나
꼬리 없는 방패연
가물가물

저 높은 곳이라면
목청이 터지도록
외쳐보고 싶은 것

하늘 끝닿을 만큼
너 하나만을
사랑했노라고

눈길 2

눈이 가는 길은 눈길이라 하고
발이 가는 길은 발길이라 한다

눈길은 걸음이 번개같이 빨라
가야 할 길을 먼저 다녀와서
발길이 가도록 길 안내 한다

눈길은 보이지 않고
걸을 수도 없지만

하늘을 보면 하늘에 길 나고
땅을 보면 땅에 길 나고
바다를 보면 바다에 길 나고
꿈을 보면 꿈속에 길 난다

눈을 슬프게 뜨면 설운 눈길 되고
눈을 무섭게 뜨면 사나운 눈길 된다

사나운 눈길이 마주치면
싸움이 시작 되고

뜨거운 눈길이 마주치면
사랑이 시작 된다

종이컵 사랑

"입술이 델만큼
 뜨겁고 짜릿한 키스라 해도
 단 한 차례 입맞춤으로
 내 생을 모두 바치는 것은
 사랑한 댓가 치곤
 너무 잔인해"

종이컵 외침이 들리는 것 같아

나는 키스 자국
지우지도 않은 채
사오일 뚜껑 덮어 숨겨 두면서
컵 입술이 해어질 때까지
숱한 입맞춤으로
종이컵 뜨건 사랑 마셔 보았다

어떤 만남

보는 것
말하는 것
손을 마주 잡는 것
잠을 함께 자는 것

보지도 않고
말하지도 않고
손도 잡지 않고
잠도 따로 자고

만남은,

그렇게
이별을 준비해 갔다

4부
종지鍾子 속의 보름달

종지鍾子 속의 보름달

하얀 간장종지에
달걀 한 개 깨어 넣으면
맑은 호수에 선홍색 달이 떠오른다

태초 생명의 근원도 이런 순수 였겠지!

"꿀꺽"

나는 식전마다
보약 대신
붉은 보름달을 통째로 삼킨다

이슬

구름 한 점 없는 청량한 아침
얼마나 많은 구름 속 빗물을
쪼개고, 갈아내고, 씻어 냈을까

풀잎 끝에 한 방울 맺힌 이슬
다이아몬드 빛깔보다 더 영롱한 까닭을
이제야 알 것 같네

어차피
가뭄이 길어져야 한다면
구름은 없어도 좋을 것이니
한낮에도 마르지 않는 이슬이게 하소서

설심부雪心賦

하얀 꿈의 편린들이
밤샘으로
어둠을 살라 먹은 장엄한
역사 있었다

알몸으로 뒹굴어도 좋을
하이얀 순백의 벌판을
펼쳐놓자
새 아침이 슬그머니
누워 버린다

사람의 향기

좋은 꽃향은 담을 넘을 수 있고
좋은 사람향은 산을 넘을 수 있습니다

꽃의 향은 가까이 다가가야
코로 맡을 수 있지만

사람의 향은 멀리 있어도, 긴 세월 지나도
그 향 쉽게 사라지지 않습니다

향이 좋은 꽃은 오래 유지하기 위해서
물도 주고, 약도 치고, 가지자르기를 하듯이

사람의 향도 오랜 세월 동안
몸과 마음을 아프도록 닦아야 하는 법

향기 좋은 꽃은 멀리 있는
벌과 나비가 모여들듯이

향기 좋은 사람은 멀리 있는
사람들도 모여듭니다

무논[水畓]

낮에는 뜨거운 태양을 품어주고
흘러가는 조각구름을 품기도 했다

밤에는 외로운 달을 품어주고
숨어사는 별을 품기도 했다

소쩍새 우는 계절이 오자
슬픔까지 품을 줄 아는 태교가 끝났다

마침내
볍씨라는 생명을 품어
성숙한 여인의 자궁이 되었다

고요

쉿!
조용히 해
달님 깨울라

대천 앞바다 해거름

물 위에 불이 타오르니
무엇으로 불을 끌까?

바닷물도 타고
섬도 타고
구름도 타고
내
마른 가슴까지
불길에 타오르는

해망산 기슭에
가로 걸린 해거름

궂은 비 2

부지런한 농부는
일하기 좋고

게으른 농부는
낮잠자기 좋고

술꾼 농부는
빈대떡에 막걸리
먹기 좋은 날

엄나무 농부는
젖은 원고지에
식자植字하는 날

선풍기 2

늦여름 긴 열대야 속에서
늙은 선풍기 한 대가 밤늦게까지
또 다른 늙은이를 토닥토닥 잠재우고 있네

낫을 갈며

칼을 가는 것은
마음을 갈아 내는 것

마음이 갈리지 않으니
칼날이 갈리지 않는다

풀을 베기 위해 낫을 가니
아무리 갈아도 날이 서지 않는다

가족의 목을 베기 위해
칼을 갈았던 계백의 마음은
어디까지 날이 섰을까?

개소리

개는 낯선 사람만 보고
짖는 것이 아니라
주인을 보고도 짖는다

개는 달을 보고도 짖고
교회 종소리를 듣고도 짖는다

개는 생각하고 짖는 것이 아니라
동네 개가 짖으면 덩달아 짖는다

개가 내는 온갖 소리는 개소리다

여의도에 가면 개소리가
시끄러운
집 한 채 있다

대춘待春

손톱을 깎는다는 것이
시간을 깎아 버리는 일 같아서
냉큼 손대는 것이 쉽지 않다

여자에게는 손톱을 길게 길려서
아름다운 장식으로 치장하는
재주가 많다는데

창가에 앉아
긴 머리칼을 날리고 있는 여인은
지금, 빨간 매니큐어를 바르고
호호 입김을 불어 대면서
봄을 기다리고 있다

외연도

시집간 딸이 보고 싶어서
손가락 펼쳐 한 뼘도 못 되는
그 섬에
뱃멀미 토해가며
몇 날을 갔네

그림 같은 동백꽃 숲속의
천년 전설이 마중 나와
내 딸과 동네 사람 기쁜 소식
먼저 전해주네

손주 딸년이 갖고 놀던 장난감같이
귀엽고 예쁜 섬

봉화터에 오르니 침묵으로 다문 돌
몇백 년이 흘렀어도 식지를 않았네

이제라도
그 뜨건 돌에 불 댕겨 보고싶다

활화산처럼 늘상 타오르는 너의
불꽃을 보며
다시는 딸의 안부로 밤잠 설치지는 않으리

진주 남강 2

강물은 분명 역류하고,
물길 따라 흐르지만
그 물길 사납지 않아
진주처럼 아름답다

강물은 분명 흘러가는
방향 있지만
그 방향 보이지 않아
평야처럼 광활 하다

강물은 분명 출렁이지만
그 소리 들리지 않아
산사처럼 정숙 하다

물길 따라 흘러가는 유람선
뱃머리는 뒤에 두고
하늬바람 잔물결이 배를 띄운다

* 역류逆流 : 산<龍>의 흐름과 반대로 흐르는 물. 진주 남강은 남
　해 바다를 가까이 두고, 남해로 가지 않고 밀양까지 내륙을 돌
　아 낙동강 하류에 합류한다.

보리섬[麥島] 2

누가 저 예쁜 섬을 무논[水畓] 한 가운데로
옮겨 놓았나?
마치 물 위에 떠 있는 새둥지 같구나

얼마나 귀한 섬이길래
차라리
바다가 옮겨 갔나

섬에는 8폭 바위 병풍이 올올히
둘러져 있고
병풍에는 고운孤雲 선생의 염원念願담긴
글귀가 새겨져있어

그 글귀는 거대한 바닷물을 멀리
제방 너머까지 밀어 내갔다

바닷물의 시샘이 너무 심해서
글자들은 진즉에 병풍 깊숙이 숨어들고

가슴 뜨겁고 눈 밝은 사람이면 누구나
읽을 수 있도록 글자는 다시 살아난다

모이시라!
고운의 후예後裔들이여
모두 여기 맥도에 모이시라

그리하여
신선神仙, 고운孤雲이 남겨 놓은
신서神書의 숨은 뜻을 찾아내어 뜨거운 가슴에
아롱지게 새겨 넣자

하늘 연꽃[木蓮]

황사 바람 불어와
태양은 구름 속에 묻히고

반쯤 눈먼 봄은
동구 밖 멀리서
오던 길도 더듬거려

철새 철 몰라
붉은 하늘 날며
가사 틀린 봄노래로
봄을 지저귀어 대네

누가 이 동산에
봄이 옴을 시샘하는 걸까?

화지끈
모래 털고 솟구친 하얀 꽃봉오리

봄 뜰

먼저 차지하는 자의 땅

매화나무가 키가 커서
멀리 침을 뱉어 놓으니
온통 매화의 땅이 되었다

꽃무릇 1

이루어질 수 없는 사랑이 멍울 맺히면
머리에 빨간 리본 달고 하늘 향해 기도
올린다는 것을 어떻게 알았지

땅에 밟히는 이파리만 가지고는 하늘이 작아
훤칠한 대궁 곧추세워 하늘 키우고
대궁 끝에 빨간 리본 하나 기도 드린다

달맞이꽃

뜰 앞 개울둑에
달이 떠오르니

하얀 달빛 안고
꽃잎 위에 순백의 밀어들이
익어 간다

풀숲에 까치발로 서 있던 달맞이꽃
후직후직 꽃잎 여는 소리가
들린다

밤이슬에 몸 젖는 것도
모르고

개망초

누가 꽃이라 했나
논두렁 밭두렁 지천에 널린 것을.

개의 눈에나 꽃인 줄 알고
꽃숲 누벼 한바탕 놀다 갔으니
풀이 꽃이된 풀꽃
개망초

울 어머니 산소 가는 길
산자락 묵정밭에
밤새 놀던 쉰 달이
달빛 벗어 놓고, 몸만 빠져 나갔네

질펀히 널린 달빛
물결처럼 흔드는 것은
바람인가
낮달인가

그리운 얼굴 하나
낮달처럼 출렁이네

꽃시

꽃시 한 송이 피우고 싶다

꽃을 보기만 하면 시인들은
꽃을 노래했고

꽃을 보기만 하면 화가들은
꽃을 담아냈다

꽃이 예쁘다고 다 아름다운 것은 아니다
꽃이 아름답다고 다 예쁜 것은 아니다

그래서
아름답고 예쁜
꽃시 한 송이 피우고 싶다

겨울 밤하늘

꽁꽁 얼어붙은 밤하늘
구름은 바다에 떠 있는 얼음조각

조각 얼음 사이로
천길 바닷물에 얼굴 씻은 별들
부시도록 별빛이시리다

하늘길 떠나신 우리 어머니
얼음 바다 건널 수 없어
못 오셨구나!

어쩌면 좋으랴?
저 끊어진 뱃길

별빛은 등대처럼
물속까지 명정하게 비추는데,

고드름

어떤 미친년이
처마 끝에다 줄 맞추어 양말들을
나란히 널어 놓았다

그런데
아침 햇살 내리자
빨래 물이 뚝뚝 낙수 진다
잘 말라가고 있다

우후죽순 雨後竹筍

어제 본 죽순이 낯이 설어
강아지가 짖어댔다

고향의 달

나 어렸을 적

산에서 놀 때는
산토끼, 산꿩, 고라니가
모두 내 것이었고

들에서 놀 때는
사과, 복숭아, 참외가
모두 내 것이었고

물가에서 놀 때는
붕어, 송사리, 미꾸라지가
모두 내 것이었고

달이 뜬 밤에 놀 때는
달도 별도
모두 내 것이었는데

객지 나갔다 돌아와 보니
보름달 하나 빼놓고는
내 것인 게 하나도 없네

달빛 소리

비에 젖은 낙엽
밟고 넘는 소리

헌 집 문 틈새로
숨어드는 소리

가을 달은
초승만 되어도

소리 없는 소리가
가슴을 두드린다

가을병

가을엔 밤바람
사나워
창문에 새 종이 바르고

밤이면 벌레 울음
아리여
문고리 걸어 매고

바람 막고 소리 묶어
가을 몸을 가뒀는데

창호에 스민 달빛에
밤새 내 가슴 그을렸네.

가을에 뜨는 달

텅빈 하늘에
보름달만 덩그러니

그대와 함께 있을 때는
달이 있었는지, 없었는지
생각도 안 나는데

그대 떠난 저 달을
나 혼자서 어떻게 지켜보라고

가을 달은
그림만 보고서도 서럽거늘,

가을이 오는 밤에

벌레는
여럿이서
빈
뜨락을
울리고

달빛은
혼자서
빈
가슴을
울렸다.

5부

굴뚝이 사라졌다

굴뚝이 사라졌다

우리 동네는 집집마다
굴뚝 없는 집은 없었다

식전에도, 저녁때도
모락모락 연기 피워 올릴 땐

그림 같던 부동의 집들이
꿈틀대기 시작했다

하늘 향해 부양하는 몸짓으로
살아있음을 과시했었다

어느 해, 눈 쌓인 겨울 나뭇간이 텅 비어
생솔가지 꺾어다 불 지피자 시퍼런 연기가
굴뚝 돌돌 말아 하늘로 올려 버렸다

집집마다 굴뚝이 사라지니
굴뚝으로 다니던 싼타도 사라지고
싼타가 사라지자 아이들까지 사라져

시골은 먼 옛날처럼 부동의 그림으로
되돌아갔다

참는다는 것

참는다는 것은
참을 수 없을 때
끝내는 것이 아니라
참을 수 없을 때
그때를
참아내는 것이
참는 것이다

사랑하는 일도
그러하다

서두를 거 없다

이른 아침이
아무리 이르더라도
어제 저녁보다는 늦다

늦은 저녁이
아무리 늦더라도
내일 아침보다는 이르다

오뚜기

자빠뜨리니까 일어난다
자빠뜨리는 자가 없으면
장난감도 못 된다

바둑 1

외줄 타고 싸운다
줄 끊으면
목숨도 끊어진다

이빨

물어뜯을 수도 있고
오물오물 씹을 수도 있다

물어뜯어라!
갈비 먹기 위해서는

살다 보면 더러는
갈비 먹는 이빨이
절실할 때가 있더라

神들의 제삿날

사람은 누구나 생일이 있고
생일을 기억하고
탄생을 축복하며 살고 있지만,

죽어지면 금세
생일은 사라지고
그 자리엔 제삿날이
생일처럼 자리매김 한다

그러나 죽어야
생일이 생겨나는 사람이 있다
예수, 석가, 마호멧, 공자
이들은 태어난 날자만 있고
죽은 날자가 없는 걸 보면

아직도
살아 있는가 보다.

작명

내 것 가지고
남이 쓰도록 만들어진 것이
이름이다

그래서
내가 사라지면
남들도 쓰지 않는다

내가 죽더라도
남들이 오래오래 쓸 수 있는
멋진 이름 만들었으면 좋겠다

행복

그림을 잘 그리는
초등학교 2학년 손녀딸한테
호기심이 발동했다

복福이란 어떤 것인지 그려볼 수 있겠냐 했더니
거침없이 거북이 저금통을 그렸다

대견스럽다는 생각에
사랑의 모양을 그려보라 했더니
단박에 하트 모양에 색칠까지 하여
보여주었다

내심 못 그릴 거라는 생각으로
행복을 그릴 것을 주문했더니 한참 생각 끝에
엄마, 아빠 그리고 자신을 그려 놓았다

그림만 보고서는 이해 못 하겠다는 할애비에게
"이중 누구 한 사람이라도 아프면 행복할 수 없다"고
주저하지 않고 설명해 주었다

희망

희망이 다 이루어지는
것이라면
희망은 없다

13월의 달력

목숨이 경각에 달렸다

붉게 녹슨 못대가리에
열두 달의 무게를 달아 놓다니
원래부터 무리였다

아무도 이 위태한 목숨을 예단하지
못 하는 것이 더 큰 비애다

아!
나의 조국 대한민국

해학의 서정시
- 五岩 이희영의 시세계

신익선(문학평론가, 문학박사)

해학의 서정시

- 五岩 이희영의 시세계

신익선(문학평론가, 문학박사)

1. 무재봉 인연

이희영 시세계의 내재적 메타포(metaphor)는 인연이다. 그동안 발간한 아홉 권의 시집 상재를 일괄하여 함축된 서사는 인연이다. 거의 시편 전편에 끈질기게 인연의 서사가 이어진다. 이번 시선집詩選集 역시 주어는 생략되었을지라도 인연에 천착한다. 가히 인연의 집합체이다. 이희영은 이 인연을 운문으로 표현한다. 그러나 대체 인연이란 무엇인가. 인연은 어디에서 와서 어디로 흐르는가. 사람은 어떻게 만나서, 어떻게 이어지다가, 어떻게 헤어지게 되는가. 하늘 끝을 치고 온 인연의 실타래는 어디에서 풀려 어디에서 매듭짓는가. 어떻게 인연이 맺어져 어떻게 맺어진 인연을 풀어 떠나게 하는가. 무재봉, 이희영 시인이 태어나고 자란 고향의 산이란 인연도 어디에서 와서 살아가는 생명체인가. 보령시 주교면 신대리의 산, 무재봉. 이희영의 첫 인연은 무재봉에 닿아 있다. 무재봉은 그냥 산봉우리가 아닌, 주교면에서 가장 높은 산이라는 각주脚註가 달려 있다.

무재봉武才峰은 주교면 일대를 굽어보는 두 개의 산봉우리 중 하나를 일컫는다. 산중 어딘가 비밀스러운 장군대좌將軍臺座의 명혈名穴을 품고 있다는 전설을 품는다. 오늘에 이르러 무재봉은 다시 맑고 정갈한 「소정笑亭」 - 웃음과 미소를 품고 있는 뜻의 이희영 시인이 태어난 집의 택호宅號 - 터전에서 시를 쓰는 이희영 시인의 노년을 품고 있다. 을사년乙巳年('25) 올해로 꼭 팔순八旬에 이른, 부모님이 돌아가시고, 돌아가신 부모님 연세보다 훨씬 더 오래 살아가면서 시를 쓰는 맑디맑고 깨끗하며 순전한 시인, 이희영의 삶과 시는 언제나 그렇게 무재봉과 더불어 살아왔다. 고향 동네 산 이름도 겸하는 「무재봉」 시편에 보면 무재봉 주 역할은 '품는' 일을 한다고 썼다. 어떻든 간 품어주는 일이 무재봉의 주요 대사라는 것이다. 매사를 품에 품는 일이 모체인 무재봉 시편을 보자.

무재봉은
구름도 품고 하늘도 품었다

무재봉은
나무도 품고 짐승도 품었다

무재봉은
죽은 사람도 품고 산 사람도 품었다

무재봉은
우리 마을도 품고 남의 마을도 품었다

무재봉은
산 깊숙이 어디엔가
봉황의 알을 품고 있다는데

－「무재봉」 일부

　무재봉은 '봉황의 알을 품고 있는' 중이라 한다. '봉황의 알'이란 미국의 큰 바위 얼굴이다. 누군가에게 희망을 주고 누군가를 키워가는 최초의 테제(these)다. 그래서 '무재봉은/구름도 품고 하늘도 품었다//무재봉은/나무도 품고 짐승도 품었다//무재봉은/죽은 사람도 품고 산 사람도 품었다//무재봉은/우리 마을도 품고 남의 마을도 품었다’는 일이 가능하다. 품는 일은 우주에서 가장 신성한 일이다. 품음으로써 생명이 잉태되고 생명이 탄생한다. 생명은 온 우주를 관통하는 신비로운 역사의 오묘한 결집체다. 여기서 3의 숫자는『환단고기桓檀古記』에 정한 숫자다. 하늘과 땅과 사람은 환단고기의 주요 테마다.

하늘, 땅, 사람은 각기 우주 만물을 생성시키는 동시 생명을 낳고 품어 기른다. ‘무재봉’은 생명을 품고 탄생시키기 위하여 존재하는 물상이다. 굳이 구분하자면 시편에 기술된, ‘구름과 하늘’은 하늘 일이다. ‘나무와 짐승’은 땅의 일이다. ‘죽은 사람과 산 사람’은 인간의 일이다. 하늘, 땅, 인간이 등장인물이다. 그렇기에 무재봉은 품는 일을 필두로 생명을 잉태하고 생명을 키워간다. ‘봉황의 알을 품고 있다는’ 무재봉 아래에서 태어나 무재봉을 바라보며 시를 써가는 이희영의 이번 시선집 시편 화두와 시선집 시편들 주제 역시 품는 일이 거의 운명적이다. 운명적으로 무재봉 아래 태어나, 운명적으로 처음 만나는, 육친과의 인연을 운명적으로 이희영은 「나의 아버지」, 「마루 위의 백열등」 등의 시편에 표현하였다. 이른바 운명적 인연의 서사들이 만들어 내는 불멸의 인연들이 식자植字되어 있는 것이다.

아버지와 함께 사시는
어머니가 늘 걱정되곤 했다

마침내 친아버지가 계실 것 같다는
짐작이 사춘기와 만나 가출을 꿈꿨다

그러던 여름날
자고 있던 내 이마의 종기 고름을
아버지는 입으로 빨아 내셨다

아버지의 맵던 회초리가 뜨겁게
가슴 속으로 변곡점을 찍었다

아버지의 삶은 시만큼 아름다웠지만
시보다 훨씬 고독 하셨다
-「나의 아버지」 일부

어머니 사시다가 떠나신 안방 앞

마루 위에 백열등 하나 매달아 놓았지

혹시나 빈방으로 착각할 가봐

밤낮 불켜놓아 어둠을 쫓아내고 있지

처음 본 사람들은 대낮에도 불 켜있다고

불 꺼주겠다며 스위치 찾다가 그만 둔다네

우리 칠 남매 거기 안방에서 태어났고

어머니 떠나실 때까지 기거하셨던 방

한순간도 이방이 어두워지만 면구스러워

밤낮 꺼지지 않는 전등불 키워 놓으니

볼 때마다 군불 땐 아랫목처럼

내 가슴까지 따뜻해지네
- 「마루 위에 백열등」 전문

　고향이란 부모님을 만난 곳이다. 출생과 성장을 겸한다. 무재봉이 무재봉으로 존재하는 이유는 바로 그곳이 부모님 터전이었던 까닭이다. 무재봉 아래 만난 첫 인연인 선친을 그리워하는 「나의 아버지」 시편을 보면 선친을 존중하게 되는 사건이 기술되어 있다. 아버지로 인하여 '가출'을 꿈꾸던 유년의 어느 날이라고 한다. '그러던 여름날/자고 있던 내 이마의 종기 고름을/아버지는 입으로 빨아'내는 극한 사랑을 목격했다.' 아들 이마의 종기를 입으로 고름을 빠는 인연의 밀도는 얼마나 두터운가. 이 구절은 숨겨진 선친의 사랑을 나타낸 구절이다. 부정의 깊이를 드러내는 표현이지만 일반적으로 부정은 아버지가 세상을 뜬 뒤에도 알기 어렵다. 아버지가 돌아가시고 나서야 깨닫는데 이희영은 이를 '변곡점'이라 쓴다. '아버지의 맵던 회초리가 뜨겁게/가슴 속으로 변곡점을 찍었다'가 그것이다. 그러면서 선친의 고독을 읽는다. 오늘에 이르러서야 아버지의 삶은 시만큼 아름다웠지만/시보다 훨씬 고독' 하였다고 회상한다. 아들이 아버지의 고독을 읽고 썼다면 저승에서도 아버지는 행복하실 것이다. 위 시편은, '무섭다//아버지, 어머니 먼 길 떠나실 때/내 가슴 깊은 곳에/묻어 놓고 간 묵직한 것'(「침묵 1」)과 더불어 선친을 그리는 사부곡思父曲이다.

모친을 그리는 「마루 위에 백열등」은 '군불 땐 아랫목'의 온기가 서려 있는 시편이다. 어머니의 사후에 '어머니 사시다가 떠나신 안방 앞//마루 위에 백열등 하나 매달아' 놓기에 이른다. 아주 섬세하고 정성스러운 아들의 마음이 담긴 '백열등'이다. 툇마루에 알전구 하나 산다. '우리 칠 남매 거기 안방에서 태어났고//어머니 떠나실 때까지 기거하셨던 방//한순간도 이 방이 어두워지만 면구스러워//밤낮 꺼지지 않는 전등불 키워’ 놓은 것이다. 요즘은 전기료가 안 먹히는 LED 전등이 대세인데 백열등이다. 툇마루 석가래에 매달려 하얀 전등이 밤낮없이 불밝히고 있다. 불빛을 볼 때마다 끝부분의 싯구, ‘볼 때마다 군불 땐 아랫목처럼//내 가슴까지 따뜻해지는’ 경험을 하곤 한다.

정황상으로 시인은 백열등 불빛에서 ‘아랫목’을 만나는 것이다. 백열등은 아랫목이 초점이다. 아랫목은 생명이 잉태하고 생명이 성장하는 가정의 성지聖地다. 아랫목에서 사랑이 이루어지고, 아랫목에서 아이가 탄생하며, 아랫목에서 부모가 죽어 나간다. 그 아랫목을 다시 자녀가 이어받는다. 사람 죽어 나가지 않은 아랫목 없다는 속담처럼 아랫목은 사람이 태어나고 성장하며 살아가다가 그 아랫목서 한 생애를 마감한다는, 삶과 죽음의 카테고리의 깨우침이 이 시편이 주는 묘미다. 「백열등」은 모친이 되살아나는 성지이자 어머니의 영혼을 만나고 보는 인연이 이어지는 접점接點이다.

이밖에도 ‘질펀히 널린 달빛/물결처럼 흔드는 것은/바람인가/낮달인가//그리운 얼굴 하나/낮달처럼 출렁이네’(「개망초」 일부), ‘……정화수 모셔/놓고 팥알을 정화수에 담그시며 병이 낫기를 주술해 주셨지요/늦어도 하룻밤 자고 나면 다래끼는 거짓말처럼 사라지곤 했었지요’(「눈 다래끼」 일부), ‘우리 형제들 못 미더워/집수리 끝나자 보꾹 되시어/날 지키려고 내 방까지 오셨네’(「보꾹」 일부), ‘어머니가 세상 뜨실 때 남기고 간/보석보다 빛나는 흰 고무신 한 짝 (「어떤 귀가」 일부), ‘아버지 회초리 맞고도 울지 않았는데/어머니 꾸중은 풍경처럼 울었다’(「풍경 3」) 등의 시편에서 모친을 그리는, 특별한 인연의 사모곡思母曲이 펼쳐진다. 돌아가신 부모를 그리워하고 기리는 이들 시편은 효와 인연의 굴레에서 시사점이 크다. 그런가 하면 아내와의 인연을 기술한 시편이 있다. 돌아가신 부모님에 연이어 「아내의 틀니」 시편은 현재 함께 살아가고 있는 아내와의 인연을 기술한다. 그 전편을 보자.

화장실에 들렀다가 사발속 물에 담겨진
아내의 틀니를 보고 섬뜩했다
이빨이 박혀있는 붉은 살토막이 불빛을 반사했다

틀니가 빠져나간 잠든 아내의 모습에서
하관이 함몰된 낯선 얼굴을 바라본다

오뉴월 보리개떡으로 허기를 채운 까닭도 없으련만

칠팔월 호박죽으로 끼니를 때운 까닭도 없으련만

굵은 소금에 며칠 씩 절여진 오이소박이같이
주름이 입안으로 급하게 들어갔다

새들이 부리로 그러하듯이, 아내도 나 모르는 사이
치아로 먹이를 물어다가 아이들을 키웠는가

세모시 삼는 것이 그러하듯이, 아내도 나 모르는 사이
치아로 질긴 삶을 가늘게 쪼게며 잇고 짜 왔는가

함몰된 얼굴 모습을 남편에게조차 숨기고 싶었던
아내의 속내가 형광등 불빛에 노란 속살로 내비친다

잠자는 아내의 숨소리가 고요하다
- 「아내의 틀니」 전문

　위 시편은 절창이다. 막힘이 없고 수식이 없이 평이하
다. 그러나 울림은 강하다. 한 생을 손 맞잡고 더불어 살
아온 아내에 대하여 안타깝고 아쉬운 성정을 가감 없이
그대로 노래해서다. 아내는 한 가정의 '해(태양)'다. 아내와
자녀들이 살아가는 가정이야말로, 종교적으로 추앙받는
종조宗祖를 초월하는 실체다. 가정은 정신의 근원이다. 가

정이 흔들리거나 사라지면 인간은 쓸모없이 초라한 나신을 가진 흉물로 남는다. 이 시편은 '화장실에 들렀다가 사발 속 물에 담겨진/아내의 틀니를 보고 섬뜩했다/이빨이 박혀있는 붉은 살토막이 불빛을 반사했다'는 첫 연으로 시작된다. 잠든 아내의 틀니를 소재로 '잠자는 아내의 숨소리가 고요'하다는, 틀니를 통한 삶과 죽음의 회한, 또는 자아와 생의 성찰을 담고 있다. 지금 숨을 쉬며 고단한 잠에든 아내의 틀니는 또 다른 나의 일생 아니겠는가. 시인 남편과 어린 자식을 어르고 지키며 봉양하느라 치아를 잃고 잇몸만 남은 것 아닌가.

기이한 공감을 불러일으키는 이 시편은 흡사 문태준의 「맨발」 시편, '어물전 개조개 한마리가 움막 같은 몸 바깥으로 맨발을/내밀어 보이고 있다/죽은 부처가 슬피 우는 제자를 위해 관 밖으로 잠깐 발을/내밀어 보이듯이 맨발을 내밀어 보이고 있다/펄과 물속에 오래 담겨 있어 부르튼 맨발……'을 떠올리게 한다. 틀니, 어물전 맨발이 험난한 생애를 살아오듯이 '아내의 틀니'도 그와 유사한 것이다. 특히, '굵은 소금에 며칠씩 절여진 오이소박이같이/주름이 입안으로 급하게 들어갔다/……/함몰된 얼굴 모습을 남편에게조차 숨기고 싶었던' 구절은 마냥 슬프다.

'틀니'를 보며, 옆자리, 처녀였던 옆자리 여인, 아내, 아내와의 인연, 인연의 연륜, 인연의 눈물을 본다. 아름다웠던 여인의 건강한 치아가 빠져 도망가고 이제는 '새들이 부리로 그러하듯이, 아내도 나 모르는 사이/치아로 먹이를 물어다가 아이들을 키웠는가//세모시 삼는 것이 그러하듯이, 아내도 나 모르는 사이/치아로 질긴 삶을 가늘게 쪼개며 잇고 짜' 오는 생애가 곧 인생이란 것도 교시한다. 동시에 아내는 남편을 만들고 성장시켜준 빛나는 존재라는 것이다. 「아내의 틀니」는 회한과 아픔의 노래다. '틀니'를 보고 가슴 아파하면서 쓴 이 시편은 남편이 생존해 있는 아내를 그리는 사부곡思婦曲이다.

　이렇듯 이희영은 이 뼈아픈 시를 통하여 「틀니」의 황망함이 아닌 내면 아름다움을 역설한다. 품어주라는 것이다. 고요히, 은밀히, 정성껏 품어주라는 것이다. 무엇을 품는가. 상처와 과실이다. 한 가정에서 가장 소중한 가치는 상대방의 상처와 아픔을 품는 것이다. 고요히 '잠'들게 품어주라는 것이다. 귀한 황금률이 담긴 시편이다. 이것이야말로 이 시편이 던지는 유의미한 교시이다. 정녕 '물속에 담겨진 아내의 틀니'야말로, '이빨이 박혀있는 붉은 살토막이 불빛을 반사'야말로, 옆자리에서 함께 한 생애를 산 옆자리가 비치는 등불이다. 세상 남편들이 재인식하여야 할 존귀한 인연임을 깨닫게 한다.

　더하여 아들과의 인연을 밝힌, '대추 나무님!/당신은

어찌해서 삼 년이 지나도록/손자는커녕 당신 자식조차/못 만들고 있나요?'(「대추씨 한 알 1」), 미국에서 사시는 구십 세 된 누님과의 인연을 쓴, '요즘 건강은 어떠세요?/밤에는 죽고 낮에만 산다'(「반쪽 살기」) 등 모두는 무재봉 인연이 시발점이다. 인연이되 진짜 인연을 꿈꾼다. 마르쿠스 아우렐리우스에 의하면 '진짜 인연은 마음의 공명을 통하여 서로를 빛나게 한다.' 말한다. 서로를 존중하고 서로를 존귀하게 여기는 인연만이 서로를 빛나게 하는 인연이라는 것이다. 그처럼 인연들의 서사가 이희영의 시 세계의 특장 중 하나라 하겠다.

2. 무형의 돌탑

무재봉의 음성을 들었던 것일까. 소정笑亭을 품고 있는 낮은 야산 자락에 낮게 융기한 솔숲이 펼쳐진다. 흡사 삼태기 모양의 솔숲이 소정을 감싼다. 이 솔숲 소나무 아래, 돌탑들이 서 있다. 소정 초입 입구, 대나무를 엮어 만든 사립문 두 짝이 자리한 데서부터 돌탑이 서 있다. 소정에서 뒷산으로 구부정한 산길 따라 올라가면 소나무 사이사이 돌탑이 고요를 머금고 서 있다. 탑신을 마주하는 일이 이희영의 일상이다. 직접 손으로 쌓아 올린 돌탑인데

자주 돌탑과 자신과의 구분이 헷갈릴 때가 많다고 한다.
돌을 위로 쌓아 올라가 만드는 돌탑이 자신도 모르는 사
이에 시인 자신이 되고, 시인이 또 돌탑이 되는 몰아일
체沒我一切 정황이 펼쳐진다. 딴은, 돌탑은 전부 이희영이
시어를 공부하고 연구하면서 수행, 정진해나가는 시 쓰
기의 또 다른 고행이기도 하다.

> 언제부터 네가
> 탑이었는지 나는
> 가끔은 잊을 때가 있다
>
> 늘
> 너는 나처럼
> 나는 너처럼
> 영혼으로
> 함께 있기를 바라고 있었으니
>
> 너는 나의 삶이고
> 너는 나의 신앙이고
> 너는 나의 영혼이기에
>
> 네가 내 곁에 있을 때는
> 가끔은 너를 잊고 산다니까.
>
> — 「탑」 일부

탑의 기원은 인도에서 출발한다. 부처가 운명하자 제자들은 불가의 경전이 기록되기 이전에 부처가 운명한 장소에 다비식에서 수습한 부처의 진신사리를 모셔놓고 탑을 쌓기 시작하였다. 탑의 기원이다. 이희영의 돌탑은 시가 진신사리다. 보령 주교면 신대리 소재의 소정 마당부터 야산에 이어진 돌탑의 돌덩이 하나하나가 정성 어린 시어詩語다. 보령의 평안을 비는 간구懇求다. 돌을 주어다 돌탑을 쌓으면서 돌로 쓰는 돌 시다. 깨끗한 갈망, 이희영은 돌탑을 쌓으면서 자신을 응시하고 시를 응시한다. '늘/너는 나처럼/나는 너처럼/영혼으로/함께 있기를 바라고 있었으니//너는 나의 삶이고/너는 나의 신앙이고/너는 나의 영혼' 되기를 갈망한다. 한낮의 돌탑 쌓기는 밤이면 시 쓰기로 전이된다. '네가 내 곁에 있을 때는/가끔은 너를 잊고' 살기도 하지만 탑 쌓기와 시 쓰기는 하나다.

「탑」의 종연은 그러므로 완벽한 무아의 지경을 염원한다. 일종의 돈오頓悟다. 불가의 선종禪宗에서 선禪 역시 궁극적으로 깨달음을 일컫는다. 왜 도를 찾아 수행하며 좌선하는가. 세속의 온갖 번뇌를 끊고 현재 지금 이 자리에서 수행 정진하여 나는 누구인가를 찾아 무아의 경지에 이르기 위해서다. 그리하여 이희영의 시업詩業은 선에 닿아 있다. 참선과 시업의 일치, 이것이 팔순에 이르러서도 꾸준히, 줄기차게, 어디다 눈 돌리지 않고 우직하게, 진실하게, 치열하게, 이어나가는 이희영의 탑 쌓기이자 시 쓰기의 일환이다,

　매일 돌탑을 쌓으며 매일 시 쓰기에 매진하는 나날이라 시적 화자는 돌탑을 향하여 '너는 나의 삶이고, 신앙이고, 영혼이기에'의 선포가 가능하다. 가히 폭발적인 시구다. 이희영의 돌탑 쌓기는, 돌탑은, 경이로운 일이다. 그러나 이는 기실, '삶과 신앙과 영혼'의 합일이다. 종국적으로 시어라는 점에 귀결된다. 결승점은 혼불이다. 늘 배워가는 사람이란 뜻의 부처, 또 다른 부처의 현재진행형이기에 「탑」이 세워지고, 이들은 모두 혼이 타오르는 혼불이기에 가능하다. 탑에는 팔순에 이른 이희영 시인의 연륜과 소망이 들어 있다. 탑이 생이고 생명이며 허무이자 중생의 망각인 동시에 소멸의 역설을 써 가는 몸짓의 연주다. 생의 종국은 야산에 홀로 서서 살아가는 쓸쓸한 탑신이다. 생과 죽음은 본디 그 뿌리가 탑신처럼 한 뿌리, 하나 아닌가. 그렇더라도 생은 또다시 시간과 인연의 빛살이 서로 어우러져 영롱한 눈동자를 을 비치는 '눈부처'로 환생한다.

　　나는 너의 거울이 되고
　　너는 나의 거울이 되어

내 눈 속에 너를 담고
네 눈 속에 나를 담으면

우리는 부처의 마음 되어
눈부처라 부른다

-「눈부처 1」 전문

그대 담은 내사랑
어디에다 비춰볼가

그대는 아는가?

내 사랑
눈부처 되어
마주 담고 싶은 걸

-「눈부처 2」 전문

그리움 하나가
두 목숨을 살다 간다

풀이 되어 한 목숨
꽃이 되어 한 목숨

-「상사화相思花」 전문

돌탑은 유형의 물상이다. 절간 대웅전의 부처도 눈으로 보이는 물상이다. 눈부처도 눈으로 보이는 형상이다. 그러나 '눈부처'는 오로지 상대방 '눈동자'에만 어린다. 반드시 마주 보아야만 볼 수 있다. 상대의 눈동자에만 피는 반사 영상이기 때문이다. 순 우리 말인 '눈부처'는, '나는 너의 거울이 되고/너는 나의 거울이 되어'처럼 서로의 거울이다. 서로의 거울이 되는 이것은 십현담十玄談의 달본達本에 닿는 구절이다. 십현담은 동안상찰同安常察이 쓴 열 편의 선화禪話로 부처와 조사의 현관玄關이다. 달본은 본향에 이름을 말한다. 그 은유는 부처가 가르치는 그 마음의 경지에 이름이다. 그러나 불가에서 거론하는 마음의 경지, 가르침의 궁극은 어디에 있는가. 모두가 혀에서 나와 도루 혀로 귀결되는 마음의 저 요란스러움의 실체는 어디에 있는가. 불가에서 마음이란 허공에서 사라지는 꽃이며 공空이다. 무無다. 평상시에 공을 설법한 부처는 시방 어디 계신단 말인가. 눈부처에서, '내 눈 속에 너를 담고/네 눈 속에 나를 담으면 바뀐다. 없음의 상태가 충만으로 바뀐다.

충만은 더 이상의 충만을 희구한다. 욕망이다. 그래서 「눈부처 2」에서 화자는, '그대는 아는가?//내 사랑/눈부처 되어/마주 담고 싶은걸'이라며 사랑하는 이를 눈동자 안에 가둬두려 한다. 몸 달구는 사랑 때문이다. 공이건 뭐

건, 훗날 몸이 한 줌 재로 영원 회귀할 때는 할 때고, 우선 당장 하여튼 간에 '눈부처'의 나라에 머물고 싶은 갈망이 드러난다. 이희영의 '눈부처' 1, 2, 3편은 그를 기술한 시편인데 시적 화자는, 「상사화」 시편에서 이들은 결국 '목숨'이 살아가는 모습이라 한다. '그리움 하나가/두 목숨을 살다'가는 이라며 '그리움'의 일대기를 썼다. 안타깝다. '눈부처'의 상대방은 각기, '풀이 되어 한 목숨/꽃이 되어 한목숨'을 살아가는 목숨의 발자취다.

또, 본디 한 몸이었는 데, 잎 따로, 꽃 따로 피어나는 「상사화」는 애절하기만 하다. 사랑의 아련한 그리움과 고뇌, 그리고 사랑의 황홀과 애잔함의 서사이다. 한껏 자유롭고 신명 나며 평화로워야 할 존재의 숙명적 아픔, 숙명적 사랑이라는 명제가 '상사화'이다. 그리고 '탑'이다. 잎 따로, 꽃 따로, 분리의 애절함이 없다면 누가 탑을 쌓아 올리겠는가. 탑은 눈으로 보이는 형상이다. 그러나 사랑의 아픔, 희구의 갈망은 눈으로 보이는 게 아니다. 더구나 사랑의 저 도저한 공명을 어찌 눈으로 확인한단 말인가. 탑은 그리하여 유형이지만 그 속은 무형이다. 탑은 소리를 내지만 그 속은 고요하다. 탑은 돌멩이들의 조합이지만 속은 염원들의 합성이다. 간절함의 하중이 탑이다. 탑신은 그리하여 유형이지만 무형이다. 이희영은 이를 비교적 소박한 시어로 표현한다. 그리하여 보령 주교면 신대리 터전에 눈에 안 보이는 눈부처의 눈동자가 읽은 탑, 유형이자 무형의 돌탑을 쌓아감이 이희영 시세계가 갖는 두 번째 특징이라 하겠다.

3. 해학의 생성

그러나 이희영 시세계의 특장은 해학諧謔에 있다. 해학이 무엇인가. 해학은 현실의 빡빡한 조임에서 틈을 발견해 내는 것이다. 숨 막히는 공간에서 숨 쉴 기발한 공간을 찾아내어 웃음 터트리게 하는 것이다. 쉬운 일이 아니다. 이희영의 해학은 그냥 이루어진 게 아니다. 보령에서 최장수 프로그램인 풍수지리風水地理 강사를 맡아온 지, 거나 이십여 년에 이르렀다. 지혜가 축적된 것이다. 게다가 이름난 지관地官으로 망자의 묏자리를 잡아주는 일도 선수다. 산천의 비경을 알고 죽음을 만나본 지 오래되었단 이야기다. 그러면서 이희영은 충남 보령 오천면의 충청수영성에 새로이 축조한 영보정 개축 기념으로 전국에 노랫말을 공개 모집한 적이 있는데 여기서 당선되었다. 노랫말이 시이며 가사다. 임동창이 시에 곡을 붙여 청년들 여럿이 나와서 이 가사로 노래 불렀다. 흥겹고 신명 그득한 영보정 뜰의 연주 마당은 그렇게 만들어졌다.

1.
뒤꼭지에 눈이 없는 까닭일가
앞만 보며 걸어왔다

이정표도 없이
구불구불 걸어만 왔다

쉴 틈이 없어
허둥지둥 걸어만 왔다

가야 할 목적지가 어딘지도 모르면서
무작정 걸어만 왔다

이제는 가야 할 길 빤히 보이는 곳이라
놀며, 쉬며 뒷걸음쳐 가련다

2.
등위에다 짐을 업은 까닭일가
앞만 보며 걸어왔다

멈출 새도 없어
허둥지둥 걸어만 왔다

신호등도 없어
구불구불 걸어만 왔다

길이 끝나는 곳이 어딘지도 모르면서
무작정 걸어만 왔다

이제는 가야 할 길 빤히 보이는 곳이라
놀며, 쉬며 뒷걸음쳐 가련다
-「어느 노인이 사는 방식」 전문

  '이제는 가야 할 길 빤히 보이는 곳이라/놀며, 쉬며 뒷걸음쳐 가련다' 이 구절은 일종의 후렴이다. 시에 곡을 붙여 영보정에서 재기발랄한 청년 남자, 여자, 십여 명이 춤추다가, 발길질하다가, 천진난만하고 자유자재 율동을 선보이며 영보정 뜰을 웃음 도가니로 만든 시편이다. 어떤가. 삶이란, '뒤꼭지에 눈이 없는 까닭일가/앞만 보며 걸어왔다//쉴 틈이 없어/허둥지둥 걸어만' 온 것 아닐까. 게다가, '가야 할 목적지가 어딘지도 모르면서/무작정 걸어만 왔다' 보니 어느새 노년에 이르러 새파란 청년이, '노인'이 된 것 아닌가. 자연스럽게 웃음이 터져 나오는 구절이다. 그렇다면 이제는 어떻게 살아야 하는가. 그에 대한 해답이 「어느 노인이 사는 방식」이다.

특히, '이제는 가야 할 길 빤히 보이는 곳이라/놀며, 쉬며 뒷걸음쳐 가련다'라고 한다. 뒷거름쳐 가면, 혹 젊은 시절로 돌아가지 않을까? 사회에서 뒷걸음은 퇴보를 뜻하나 노년은 유쾌한 진보를 뜻한다. 노년은 퇴보든 진보든 유쾌든 불쾌든 상관없다. 누구 눈치코치 볼 일 없다. 누가 채근하고 무엇에 쪼들릴 일도 없다. 실로 이 노년이란, 늙음이란, 늙기를 오래 기다려야 맛보는 무릉도원이다. 누구와 시빌 붙지 않아도 된다. 어디다 얼굴 안 내밀어도 된다. 아등바등할 이유 없다. 악착같아야 할 까닭도 없다. 사회적 직책이나 직임을 맡지 못해 안달 날 일 없다. 지상의 어떤 소유에 집착할 일도 없다.

노년은 바삐 살아온 청, 장년의 회한과 과실을 치유하며, 자아를 회복하는 평온의 시간이다. 그래서 화자는 그저 '놀며, 쉬며, 뒷걸음질 쳐 가련다'라고 한다. 노년에 이르러서 완전한 해방이다. 자유다. 참 자유다. 투쟁 일변도였던 생으로부터의 일탈이다. 신비한 꿈의 실현이다. 위 예시된 시편에 곡을 붙인 당사자는 음반으로, 가인으로, 한 시대를 풍미하고 있는 임동창 피아니스트다. 피아노 연주하는 임동창을 소재로 쓴 시편, 「임동창 피아노의 클라이맥스」는 해학, 그 자체이다.

쨍가리, 징, 북, 장구 소리는
자진모리 지나서 휘모리장단으로
숨 가쁘게 몰아붙이고,

피아노 건반 위를 튀는 손가락이
빨라지며 장풍으로 건반을 때려가고,

섰다, 앉았다 온몸이 가랑잎처럼 가벼워지더니
두 손, 열 손가락도 모자라 발바닥으로
건반을 내려친다

마침내
소리 꼭대기에 피아노가 떠 있고
피아노 위에는 임동창이 둥실 올라 서 있다

영보정 가을밤이 미쳐버리고
오천 앞 바닷물도 자지러진다

아이구! 불쌍해라
저 몸값 나가는 피아노가 사나운 임자 만나
부서지면 어쩌나.

- 「임동창 피아노의 클라이맥스」 전문

피아노 연주가 시작되었다. 임동창이 연주자다. 임동
창은 백호다. 민머리를 면도칼로 밀었다. 머리가 유리처
럼 빛난다. 그 머리를 흔들며 임동창은 신들린 듯 건반을
두드려댄다. 지랄발광이 따로 없을 정도로 방정맞지만,
건반악기이자 타악기, 현악기인 피아노 연주는 연주자의
기분과 호흡, 리듬, 건반이 받는 압력에 의하여 천차만별
의 음정을 내는 고난도 연주다. 임동창 머리와 몸이 마구
뒤흔들려 어지러운 가운데 피아노 선율이 난리다. 임동
창은 참 예술인이다. '피아노 건반 위를 튀는 손가락이/
빨라지며 장풍으로 건반을 때려가'는 일이야 다반사, 그
러다가 급기야, '두 손, 열 손가락도 모자라 발바닥으로/
건반을 내려친다' 처럼 발바닥까지 손을 도와 건반을 짓
밟아댄다고 한다.

청중은 음반에 몰입할 수밖에 없다. 게다가 연주하는
임동창 몸짓을 보자. '마침내/소리 꼭대기에 피아노가 떠
있고/피아노 위에는 임동창이 둥실 올라 서 있다' 한다.
이 표현은 절구다. 피아노 연주 소리 꼭대기에 피아노가
있다고 한다. 하늘 구름인가. 게다가 숫제 피아노 위에 임
동창이 구름처럼 피아노 위에 '둥실' 떠 있다고 한다. 단
단한 재질인 단풍나무로 만들어진 피아노가 위태롭다. 그
러나 위태롭거나 말거나, 미친다. '영보정 가을밤이 미쳐
버리고/오천 앞 바닷물도 자지러지기' 때문이다. 고즈넉

한 영보정 가을밤이 피아노 소리에 미쳤다고 한다. 오천 앞 바닷물, 그러니까 서해 바닷물도 자지러졌다고 한다.

'자지러지는' 일은, 너무 놀라고 좋아서 뒤로 자빠져버렸다는 뜻이다. 가히 광란의 영보정, 광란의 가을밤이 펼쳐진다. 특히 종연인, '아이구! 불쌍해라/저 몸값 나가는 피아노가 사나운 임자 만나/부서지면 어쩌나.' 낭송이 끝나자마자 무대 위에 있던 임동창이 자지러졌다. 임동창은 쉴 새 없이 웃어댔다. '몸값 나가는 피아노'란 명품 피아노다. 명품 피아노는 250명의 기술자가 꼬박 1년을 걸려 제작한다. 한 대 가격은 무려 3억을 호가한다. 그 정도는 아닐지라도 임동창의 피아노도 만만치 않은 가격대일 것이다. 이 피아노를 발로 밟아대기까지 하는데 피아노가 어찌 온전하랴. 피아노의 주인, 임동창이야말로 '사나운 주인'이고, 피아노가 불쌍하다는 위트는 명료한 해학이다. 무대 위아래 할 것 없이 웃음바다를 이룬 이 시편을 필두로 시선집 곳곳에 편만한 해학의 시편이 다수다.

꺼먹고무신 속에
송사리 두어 마리 태우고
개울가에서 뱃놀이 함께 했던
동무는 어디로 갔나?

쑥 뜯어 으깨어 귀 막고
물속에서 오래 견디는 시합 하며
물오리처럼 잠수 자랑하던 동무

산속 깊이깊이, 깊은 잠 들었는데
소쩍새 저리 애잔한 밤이 되니
내 자리가 비었다고 웬만하면 오라 하네

-「불알친구」 전문

대추 나무님!
당신은 어찌해서 삼 년이 지나도록
손자는커녕 당신 자식조차
못 만들고 있나요?

차라리
내가 만들어도 손자 할 수 있다면
대추 씨 한 알 등에 업고 오입질 한 번 해볼까요

-「대추씨 한 알 1」 일부

나는 산을 다니면서
조상이 저승에 가시면
거주해야 할 길지를
잡아주는 지관地官이다

살아 거주하는 집은
기껏해야 백 년이지만
죽어 거주하는 집은
몇백 년을 넘어 몇천 년이
가도록 튼튼하게 지어야 한다

내가 다니는 산은
이산 저산이 모두가 내 산이다

내 마음대로 쓸 수도 있고
내 마음대로 버릴 수도 있어
산의 땅 사용권은 내가 쥐고 있다

나보다 땅 많은 부자가 또 있을까

-「나는 땅 부자다」 전문

「불알친구」에서 친구는 세상을 떴다. '꺼먹고무신 속에/송사리 두어 마리 태우고/개울가에서 뱃놀이 함께' 하던 친구다. '쑥 뜯어 으깨어 귀 막고/물속에서 오래 견디는 시합 하며/물오리처럼 잠수 자랑하던' 친구다. 유년 시절 지연으로 얽혀진 친구와의 우정이 드러나는가 싶은데 그들은 '산속 깊이깊이, 깊은 잠 들어' 있는 중이다. '산속 깊이깊이, 깊은 잠 들어'있는 사람은 더는 햇살

속으로 다시 나갈 마음이 없다. 안 먹고 안 입어도 배부르고 평안하다. 지극히 안락하다. 아니, 밤낮없이 그냥, 주구장창 잠자는 그걸로 대만족이면 최고다. 뭐하러 아귀다툼 바깥에 다시 나간단 말인가. 산속에 잠든 이를 그리는 사람은 역설적으로 산속 무덤 바깥쪽 사람들이다.

환청인가. 시적 화자는 숲에서 잠든 이가 찾는 음성도 듣는다. '소쩍새'로 보아서 봄날이다. 화자는 그리운 음성, 동무의 찾는 소리를 듣는다. '소쩍새 저리 애잔한 밤이 되니/내 자리가 비었다고 웬만하면 오라'는 '불알친구' 목소리다. '웬만하면 오게나', '자리'는 이미 비었으니 오기만 하면 된다는 소리지만, 어림없는 얘기다. '이른 아침이/아무리 이르더라도/어제 저녁보다는 늦다//늦은 저녁이/아무리 늦더라도/내일 아침보다는 이르다'(「서두를 거 없다」 전문)며 '서두를 거 없다' 타이른다. 사람과의 만남이란 떠날 때가 되면 떠나가는 것이다. 헤어질 때가 되면 헤어지는 것이다. 그러니 동무여 서두르지 말라는 것이다. 갈 때가 되면 주교 신대리 소정, 평생토록 드나들던 소정 사립문 걸어두고 여북 잘 동무 찾아가겠는가.는 너스레다. '어이, 동무 기다려, 돌탑 조금 더 쌓아놓고, 쓰던 시 조금 더 정리해 놓고 갈 테니 기다려'라는 숨겨놓은 독백도 들린다.

한편, '대추나무'와 손자탄생을 기다리는 시편, 「대추

씨 한 알」은 해학의 밀도가 더 융숭하고 기발하다. 손자 좀 보려는 속뜻에서 대추나무를 심었다. 대추나무 식재 는 대사大事다. 수년 지났다. 손자 소식이 없다. 대추나무 조차도 열매 맺지 않는다. 둘 다 어그러진 셈이다. 속에서 왜 부아통 안 터지랴.   날 노릇이다. 그래서 시적 화자 는 냅다 대추나무를 조진다. ‘대추 나무님!/당신은 어찌 해서 삼 년이 지나도록/손자는커녕 당신 자식조차/못 만들고 있나요?’ 마당 대추나무를 힐난하는 중이다.

　손자를 품에 안겨주지 않는 아들에게도 마찬가지다. 두 사안의 병렬이다. 부아통 터진다. 이 시편은 그러나 종 연이 화통하다. ‘차라리/내가 만들어도 손자 할 수 있다 면/대추 씨 한 알 등에 업고 오입질 한 번 해볼까요’라 내 쏜다. ‘오입질’이라, 아무렴, 밭이 문제지, 씨가, 새싹을, 싹틔우지 말란 법 있는가. 팔순의 五旬 이희영 시인은 청 년 못지않다. 유머러스하고 해박하다. 만나서 대화하면 서너 시간이 순간이다. 특히나 엄나무 농사와 시 농사짓 는 건강미가 젊은이 뺨친다. 신명 나고 즐겁다. 그런 탓인 가. 폭소를 유발하는 ‘대추나무’ 시편과 긴 여운을 남기 는 일상이 한 몸처럼 밀착되어 있다.

　풍수지리 서사인 「나는 땅 부자다」 시편은 긴 여운의 기적汽笛이다. 다 읽고 나서도 무언가 주위를 맴도는 공명 의 기적소리 들린다. ‘살아 거주하는 집은/기껏해야 백

년이지만/죽어 거주하는 집은/몇백 년을 넘어 몇천 년이/가도록 튼튼하게 지어'라는 묘지 이야기이기 때문이다. 묘지는 죽어 묻히는 집, 음택陰宅이다. 죽은 사람 못자리를 잡아주는 이 일은 정년停年이 없는 이희영 시인의 평생 일이다. 망자가 살아서 고관대작일지라도 마지막 무덤에 들기까지 반드시 지관 허락을 받아야만 한다.

그뿐인가. 묘를 쓰는 망자는 산자락이 아무리 넓어도 지관이 정해주는 곳에서만 영면에 들 수 있다. 독보적인 권리다. 야산의 소유 여부와는 상관없다. 맘대로 산을 쓴다. '내 마음대로 쓸 수도 있고/내 마음대로 버릴 수도 있어/산의 땅 사용권은 내가 쥐고' 있어서다. 등기 소유권은 없다. 그러나 '땅 사용권'이 있다. 실제 토지사용자이니 실질적 산 주인인 셈이다. 그래서 종연. '나보다 땅 많은 부자가 또 있을까'가 등장한다. 이렇듯 이희영의 시선집 시편은 객기를 초월하는 위트의 연속성, 사소한 일상을 웃음으로 바꾸는 해학의 시편들로 채워져 있다. 해학은 오래 궁구하고, 오래 명상하며, 오래 깨우쳐야 가능하다. 지혜의 산물이기 때문이다. 사물과 삶을 오랫동안 관찰하고 공부하며 살아온 이력이 비로소 해학을 가능케 하였음을 미루어 짐작할 수 있는데 이 점이 바로 명징한 이희영 시세계의 특징 중 하나라 하겠다.

4. 연모

　무한 그리움과 무한 연모가 합일된 사랑의 저 유정한 대지를 밝히는 불빛이 또한 빼놓을 수 없는 이희영의 시 세계다. 다소 장황하게 위에서 살펴본 무재봉 인연, 무형의 돌탑, 해학의 생성이 서까래 같은 내면의 빛살이라면 연모로 총괄되는 사랑의 광선은 시집 전체를 태우듯 강렬한 대들보 같은 외연의 활화산이다. 어느 페이지를 펼쳐도 쉽게 눈에 띄는 그리움을 필두로이 시선집 거의 전편이 연모를 주제로 쓰여 있다.

　　　언제부터 살고 있는지
　　　그리움 하나
　　　가슴 깊은 곳에
　　　나와 함께 숨어 사네

　　　사람은 누구나
　　　그리운 사람 한 둘 쯤은
　　　가슴에 숨겨 사는 것이
　　　좋다고는 하지만
　　　시도 없이
　　　때도 없이
　　　분수조차 없이

불쑥불쑥 밀어내는 이 그리움

아!
나 죽으면 어쩌지?
저 철부지 그리움
혼자 놔둬서
-「숨어사는 그리움」 전문

나 얼마나 아파해야 이별이
배워질까

나, 얼마나 덜 사랑해야
당신을 잊을 수 있을까?
-「이별연습」 일부

콩새는 작아도 철새다

그대 떠날 때 돌려 신은 신발
한 번 더 되돌리면 될 것을

콩새만도 못한 그대가
왜 이렇게도 보고 싶은지
-「콩새」 일부

위 시편, 「숨어 사는 그리움」은 이번 시선집 제3부의 주제시로 올려놓은 시편이다. 「눈부처」를 해설해 놓은, '눈부처' 판박이다. 대상을 드러내 놓지 않은 공화空華의 서사이면서, '그리움 하나/가슴 깊은 곳에/나와 함께 숨어' 살아가는 '그리움'에 대한 연민이다. '아!/나 죽으면 어쩌지?/저 철부지 그리움/혼자 놔둬서'라 걱정한다. 그리워하는 마음을 품은 당사자가 운명하면 '그리움'만 혼자 남게 될 터인데, 그것도 '철부지' 그리움만 홀로 배회할 터인데, 그 정경을 어이할 거냐는 거다. 사람과 그리움은 각기 별개의 주체로 본다. '그리움'이 주체이되 사람과 그리움은 일란성 쌍둥이다. 한 사람이 죽는 것은 쌍둥이 중 하나가 죽는 것과 같다. '그리움'까지 죽지 않는다는 이분법적 사유가 담겨 있다.

이분법적 사유는 「이별 연습」이나, 「콩새」에서도 유사하다. 이별도 연습이 필요하다고 한다. 단련되어야 조금 아파할 수 있으리라는 생각에서다. 그러나 아픔이 단련되는 성질의 것인가. 아픔은 아플수록, 아파볼수록, 더 아프고 더 괴롭다. '나 얼마나 아파해야 이별이/배워질까//나, 얼마나 덜 사랑해야/당신을 잊을 수 있을까?'라면서, '이별'을 '연습'해 보려고 마음먹지만, 소용없는 일이라는 역설이 담긴 시편이다. 소위 사랑에 있어, 연모에 있어, 남자만큼 어리버리한 경우가 있는가. 온갖 순정은,

여자가 아니라 남자다. 순정은 남자가 갖고 있다. 연륜 불문이다. 여자들이 들으면 난리일지 모르나 이 점은 분명하다. 시적 화자가 염원하는 '당신을 잊는' 일은, 연모의 딜레마란 역설이다.

실제로 연모에 있어 남자만큼 머저리 같은 존재는 없다. 더구나 시인이라니, 시인의 사랑이라니, 시인의 연모라니, 시인이 그리되면 거의 볼 장 다 본 것이다. 시인이 누구인가. 시에 빠져 도무지 융통성이 없는 데다가 주변 머리마저 없다. 사랑에 빠지면 시인은 누구에게 속 시원하게 말도 못 하고 공연히 사시나무 떨듯 혼자 몸 떨다가 혼자 자지러지고 만다. 그러다가 정거장도 없이 헤어지고 나서 죽을 만큼 몸살 앓기 일쑤다. 아니, 죽는 경우도 다반사다. 그나마 잊으면 다행이지만 천만의 말씀이다. '나, 얼마나 덜 사랑해야/당신을 잊을 수 있을까?' 백번 독백해도 못 잊는다. 절대 잊지 못한다. 무슨 보물인 양, 연모의 영상을 끌어안고 마냥 밤낮을 앓아대는 무모함, 어지러워라. 그게 시인의 사랑이다. '당신을 잊을 수 있을까?'는 그리하여 잊지 못한다는 우회적 토설이다. 연모는 시인에게 있어 쓸데없는 일, 그야말로 허공의 꽃, 공화란 표현이다.

「콩새」는 새 중에서 가장 작은 새다. 문제는 작은 '콩새'에 있는 게 아니다. '콩새'라 할지라도 '콩새'에게 연

모의 정념이 들어박히면, 한 번 빠지면. 나이아가라 폭포
에 빠진 것과 같다. 절대 헤어나지 못한다. 시적 화자는
'콩새'가 '신발' 거꾸로 신고 내뺐음을 암시한다. 그러니
'그대 떠날 때 돌려 신은 신발/한 번 더 되돌리면 될 것'
이라면서, 도루 그 '신발'을 '되돌려 신고', '신발'을 따라
오라고 한다. '콩새'와 '신발'을 각기 다른 주체로 보아 애
원하는 것이다. 그러나 이 역시 사랑에 관한 한 어리석은
남자들, 어리숙한 남자들의 허무한 순정이다. 절대로 한
번 곁을 떠나가 버린 여인이 고무신 되돌려 신고 오는 일
은 영원무궁하도록 없다. 시적 화자가 간구하는 '콩새'의
귀환은 없다. 그런데도 '콩새'의 종연을 보자. '콩새만도
못한 그대가/왜 이렇게도 보고 싶은지'라 한다. '보고 싶
음'은 황홀경의 다른 이명이다. 보질 못하는데도 '보고
싶어' 한다. 끝없다. 통제 불능이다. 무한 그리움과 무한
연모가 합일된 치명의 사랑에 빠져 있기 때문이다.

　시선집 거의 전편이다. 연모의 시편이 이번 시선집에
서 주류를 차지한다. 이미 연모, 혹은 사랑의 정설이 五岩
이희영 시인의 시세계에 드넓은 영역을 구축하고 있음을
알게 하기 족하다. 이외에도 '당신이 몹시 그리워질 때
만/그 섬에는 대낮에도 빨간 등대 불이 켜진다'(「내 안의 섬」
일부), '사나운 눈길이 마주치면/싸움이 시작되고//뜨거
운 눈길이 마주치면/사랑이 시작된다'(「눈길 1」 일부), '참을

수 없을 때/그때를/참아내는 것이/참는 것이다//사랑하는 일도/그러하다(「참는다는 것」 일부), '보고 싶은 사람은/천 리에 있어도,/눈을 감아도/눈을 떠도/늘 눈 안에 있다(「눈꺼풀의 두께」 일부), '목청이 터지도록/외쳐보고 싶은 것/하나 있어//하늘 끝닿을 만큼/너 하나만을/사랑했노라고'(「늦은 고백」 일부), '나는 키스 자국/지우지도 않은 채/사오일 뚜껑 덮어 숨겨 두면서/컵 입술이 해어질 때까지/숱한 입맞춤으로/종이컵 뜨건 사랑 마셔 보았다'(「종이컵 사랑」 일부) 등등 연모하는 이를 그리워하고 남몰래 간직해 두는 서사는 이루 헤아릴 수 없이 많다.

그렇다면 왜 이희영은 사랑의 연시가 유독 많은가. 두 가지 측면에서 짚어 볼 수 있다. 먼저, 연모의 대상, 그리움의 상대, 사랑하는 실체의 부재에 있다. 혼자다. 그리운 이와 헤어져 있는 것이다. '아!/첫사랑 왔다가 떠나간 자리'(「사랑니」 일부), '사랑은 아낌인 줄 알았지/이별이 있는 줄은/정말 몰랐습니다'(「정말」 일부)처럼 사랑은 이미 왔다가 떠나가 버렸다. 아끼고 이끼며 전화도 만나자는 말조차 안 하였는데 가버린 것이다. 허망하기 짝이 없다. 그렇다고 잊지 못한다. '종이컵 사랑' 시편의 '종이컵'은 사랑하는 이가 마신 입술 자국이 남아 있는 '종이컵'이다. 버려져야 할 물상이다. 그러나 화자는 '종이컵'을 마치 신주이듯 껴안고 '숱한 입맞춤'을 하며 산다. 이렇다. 시인

들의 허무맹랑한 사랑법, 사랑의 시작과 마침표가 이렇
다. 그렇다고 이들이 모두 무의미한 사체로 퇴비 더미에
폐기되는 일은 없다. 두 번째, 다음의 시편들, '이슬'과
'고요', 그리고 '사람의 향기'를 읽으면 그를 알게 된다.

구름 한 점 없는 청량한 아침
얼마나 많은 구름 속 빗물을
쪼개고, 갈아내고, 씻어 냈을까

-「이슬」 일부

쉿!
조용히 해
달님 깨울라

-「고요」 전문

사람의 향은 멀리 있어도 긴 세월 지나도
그 향 쉽게 사라지지 않습니다

향이 좋은 꽃은 오래 유지하기 위해서
물도 주고, 약도 치고, 가지자르기를 하듯이

사람의 향도 오랜 세월 동안
몸과 마음을 아프도록 닦아야 하는 법

향기 좋은 꽃은 멀리 있는
벌과 나비가 모여들듯이

향기 좋은 사람은 멀리 있는
사람들도 모여듭니다
- 「사람의 향기」 일부

　위 시편들, 「이슬」, 「고요」, 「사람의 향기」, 이 세 편의
시는 연모의 과정을 적나라하게 보여주는 자문자답이거
나, 또는 연모에 대한 해답의 시편들이다. '얼마나 많은
구름 속 빗물을/쪼개고, 갈아내고, 씻어 냈을까'라듯이
화자는 외골수다. 삼라만상參羅萬像을 궁구하는 동시에 부
단히 자기 자신을 벼리고 수련하는 일련의 노정을 쓰고
있다. 풀잎에 맺혀 풀잎을 반짝이게 하는 '이슬'을 간구
하는 일은 맑고 깨끗한 시심을 간직하고 있다는 우회적
표현이다. 「이슬」은 주교리 소정 뜰과 뒷산을 밝히며 부
단히 시를 쓰는 이희영 시인의 청빈한 일상, 청아한 소망
을 읽을 수 있는 시편이다.
　「고요」는 필수다. '쉿/조용히 해/ 달님 깨울라' 비교적
단문인 '고요'는 밤의 일이다. 한낮의 요란하고 시끄러운
경적이 잠든 밤의 일이다. 이 시편 이외에 「아내의 틀니」,
종연 역시, '잠자는 아내의 숨소리가 고요하다'라며 '고

183

요’를 쓴다. 고요는 내면세계의 공명이다. 『근사록』에서 주희朱熹와 여조겸呂祖謙은 이를 한층 구체화하여 ‘고요’는 생명을 기르고 양생하는 근원이라 쓰고 있다. 오로지, ‘고요’할 때만이 ‘엄나무 농부는/젖은 원고지에/식자植字하는 날’(「궂은비 2」 일부)가 가능하다. 엄나무 농군이기도 한 시인은 그리하여 ‘고요’야말로 시인의 인격과 지상의 생명, 그리고 굳건하게 일평생을 양생養生해 나가면서 원고지와 나누는 밀어다. 원고지의 은밀한 속삭임, 시어에 숨겨진 비밀의 달무리, 고요하고 맑은 시인의 정신세계는 일로, 「무재봉 인연」에 닿는다.

그리하여 ‘무재봉 인연’은 궁극적으로, ‘사람의 향도 오랜 세월 동안/몸과 마음을 아프도록 닦아야 하는 법’(「사람의 향기」 일부)을 희구한다. ‘사람의 향기’는 다른 말로, ‘시인의 향기’에 다름 아니다. “향 싼 종이에선 향내 나고 생선 싼 종이에서 비린내 난다.” 속담의 향기, 곧 시인의 향기를 언급한다. 시인은 시를 쓰되, 좋은 인격이 내는 삶의 향기, 좋은 시가 발산하는 시의 향내를 생각해야 한다는 것이다. 유년 시절 장독대 소꿉장난이나 다락방 숨바꼭질 같은 아련한 향수를 닮은, 기억에 저장되어 저절로 빙그레 웃을 수 있는, 아름다운, ‘사람의 향기’가 ‘향기 좋은 꽃은 멀리 있는/벌과 나비가 모여들 듯이//향기 좋은 사람은 멀리 있는/사람들도 모여’ 든다는 것이다. 이희영의 시 쓰기는 이처럼 시인으로서의 시의 향기, 돌탑을 쌓는 구도자로서의 수련과 명상의 향기, 예언하는 예언가로서의 예지적 향기, 풍수지리학 강사로서의 포괄적 삶의 향기를 설파한다. 삶과 시, 시와 삶이 다양하고 흥미진진하며 향기롭다. 단적으로 인연에의 연모와 삶에서 우러나오는 진지한 향기추구야말로 이희영 시세계가 추구하는 내밀한 특장 중 하나다.

5. 결어

놀랍다. 이희영의 무재봉 인연은 이처럼 부모님과 보령 산하, 소정과 돌탑, 알전등과 눈 다래끼, 아내의 틀니와 이슬, 콩새와 눈부처, 어느 노인이 사는 방식과 임동창의 클라이맥스, 쪽방 일기와 숨어 사는 그리움, 반쪽 살기와 대추 씨 한 알, 등등 무수한 리좀(rhizome)적 사유로 이어져 이희영 시세계의 틀을 형성한다. 그렇다 하여 이희영의 시가 일상 주변부의 소소한 음풍농월吟風弄月에만 국한된 것은 아니다. 지면 과다로 미쳐 세밀히 거명치 못한 시편 중에서 정신의 뼈, 비판의 송곳은 단단하고 날카롭다.

가령, '풀을 베기 위해 낫을 가니/아무리 갈아도 날이

서지 않는다//가족의 목을 베기 위해/칼을 갈았던 계백의 마음은/어디까지 날이 섰을까?'(「낫을 갈며」 일부), '개가 내는 온갖 소리는 개소리다//여의도에 가면 개소리가/시끄러운/집 한 채 있다'(「개소리」 일부) 등이다. '낫'을 갈면서 가족-사랑하는 아내와 어린 자식들-의 목을 벤 백제의 명장, 계백장군을 거론한다. 드센 폭풍우와 격랑에 휩싸여 뱃머리 마스코트를 잃고 난파 직전에 이른 한국의 현실에 대하여 추상같은 정신의 칼을 가는 섬뜩한 작품이다. 더하여 탁류에 휘말려 도통 시를 쓰지 않으면서도 온통 거들먹거리는 무골충 시인들, 정신 잃은 광란의 시대를 비판한다. 「개소리」 시편은 실컷 놀면서도 온갖 혜택을 받아 누리며 무한정 떵떵거려대는 무골충의 개망나니 대한민국 국회를 직설적으로 통렬하게 비판한다.

한 마디로 이희영의 시적 사유 스펙트럼은 넓고 무섭다. 뜨겁고 치열하다. 무재봉 인연이 쌓은 무형의 돌탑, 해학의 생성에서 연모와 사람의 향기는, '봉화터에 오르니 침묵으로 다문 돌/몇백 년이 흘렀어도 식지를 않았네/이제라도/그 뜨건 돌에 불 댕겨 보고싶다'(「외연도」 일부)의 불길이다. '몇백 년이 흘렀어도' 영원히 식지 않는 돌의 언어, 곧 시의 언어를 찾아내어 '뜨건 돌에 불 댕겨' 불 붙이고자 하는, 웅혼한 시의 의지, 시의 꿈, 시의 도전, 시의 핏줄기, 시의 염원을 꿈꾸는 이희영 시의 광기다. 매

시편들이 소박하고 고요하지만, 이희영의 시적 광란이 시에 함유된 내면의 풍경들이다.

이렇듯 시선집에서 이희영은 독특한 시인의 도그마를 선보인다. 어디에 눈길 돌리지 않는다. 골방에서 펜으로 오로지 시 쓰기에 몰두하여 이제 열 권의 시집 발간을 발간하기에 이르렀다. 발간에 그친 것만 아니다. 첫 장 시선집 서문에 해당하는 '시인의 말' 그대로다. '감성이 전부 고갈되어, 마른 나뭇가지가 될 때까지 쓸 것이다. 아니 바싹 마른 장작에 불이 당겨 활활 타오를 때까지 쓸 작정'임을 단언한다. 감동적이고 역동적이다. 그렇다. 유머러스하고 강건하며 해학으로 기쁨을 주는 청정한 시인, 이희영 시인의 시 쓰기는 장차 더더욱 치열해질 것이다. 한계나 분량의 설정을 박차고 스스로 새로운 시의 미래를 개척하려 하기 때문이다. 이 시선집은 그러니까 무재봉 인연의 새로운 장을 구상하는 몸짓이다. 종점이 아니라 새 출발점이다. 그것이 이 시선집 발간의 의미다. 이 황량하고 척박한 대지에 시인은 더더욱 일관되게 '아름답고 예쁜/꽃시 한 송이'(「꽃시」 일부)를 새로이 꽃 피워 갈 것이다. 그리하여 이희영 시인은 마침내 고향산천인 무재봉 연가를 우주로 확장하고 완결해 내는 진정한 참 시인의 새 역사를 기분 좋고 유쾌하게 써 갈 것이라 믿는다.

매헌현대시선 **016**

무재봉 연가

五岩 이희영 시선집

인쇄일 | 2025년 04월 23일
발행일 | 2025년 05월 01일

지은이 | 이희영
펴낸이 | 설미선
펴낸곳 | 뉴매헌출판
주　소 | 충남 예산군 예산읍 교남길 33
E-mail | new-maeheon@hanmail.net

값 17,000원

ISBN 979-11-988691-7-3(03810)

* 저자와의 협의에 의해 인지를 생략합니다.
* 잘못된 책은 바꿔드립니다.

五岩 이희영

- 충남 보령 출생
- 《문예사조》 수필부문 등단(2012년)
- 《문예사조》 시부문 등단(2013년)
- 문예사조문인협회, 한국문인협회, 충남시인협회 회원
- 보령에세이아카데미 회원
- 시집『얼굴』『숨어 사는 그리움』『혼밥』『허수아비 춤』
  『벼랑 끝에서 세레나데』『개밥바라기』『고요』
  『눈부처』『굴뚝이 사라졌다』

Mobile. 010-2359-6878
E-mail. five6878@naver.com